I0625164

The Prison Charade

An Esperanto Dual Language Novella

Created by Myrtis Smith

Published by Kylan Verde Books LLC

Kylan Verde Books LLC

Cincinnati, Ohio

Esperanto Translation by

Chuck Smith

https://www.youtube.com/@amuzulo

Chuck is the Chief Technical Officer of **Amikumu**.

Find and connect instantly with local language partners nearby. It is the only app that supports 7,000+ languages including Catalan, Chinese, Dutch, Esperanto, Irish, Japanese, Occitan, Polish, Portuguese, Russian, Toki Pona and Welsh, all for FREE!

amikumu.com

Proofreading and editing provided by Alison Miller and Vjaĉeslav Slavik Ivanov (https://youtube.com/@interparoloj).

Table of Contents

Introduction

Reading is one of the best ways to increase your comprehension of a new language. Unfortunately, most new language learners only have two choices:

1. Read children's books
2. Read full length novels (while spending a lot of time looking up words in a dictionary or translator app.)

At Kylan Verde Books we'd like to offer you another choice: Dual Language Novellas.

Novellas – like this one – are short books, between 5,000 and 10,000 words. They feature multiple chapters, a variety of interesting characters, and a fully developed plot. Everything you love about reading a full-length book only shorter! You could easily read them multiple times, picking up new vocabulary and grammar each time.

The novellas are presented in a dual language format with the Esperanto story accompanied by the English version. Why use the dual language format?

1. Dual language books make reading more accessible. The new language is much less intimidating when you have supporting text.
2. Dual language books are proven to accelerate the learning of vocabulary, grammar, and sentence structure.
3. Dual language books allow the reader to compare and contrast text, thereby noticing different features of each language.
4. Dual language books serve as a connecting bridge, helping the learner develop a deeper understanding of the new language and how to use it effectively.

Here are some suggestions to help you get the most out of your dual language book:

1. Read the English story first, so that you have a general understanding of the story. Then read the Esperanto version.

2. Read the Esperanto version first, without consulting a dictionary. Then read the English version and see how much you understood.

3. Read the Esperanto version slowly, writing down every word you don't understand. Try to figure out the word from the context then refer to the English translation.

4. Read the Esperanto version aloud to work on your pronunciation.

5. Look through the English version and pick out common words and phrases that you don't know how to say in Esperanto. Refer to the Esperanto translation to see what they are.

Please note, this book contains an Esperanto *version* of the story and an English *version* of the story. While the two are very similar they are not meant to be word-for-word translations. The goal is for the reader to see how similar ideas would be conveyed in each language.

Esperanto

La Prizona Artifiko

Ĉapitro 1: La legendo de la Tal Om

(Chapter 1: The Legend of the Tal Om p. 55)

Je la krepusko de tempo, Patrino Tero konstatis, ke la vivo estis tre malfacila por homoj. Ili ne estis tiel fortaj nek rapidaj kiel multaj el la aliaj bestoj. Ili ne povis naĝi aŭ flugi aŭ eĉ grimpi tre bone. Ili ne posedis la scion por prognozi la veteron aŭ por resanigi siajn vundojn. Ŝi zorgis pri la malforteco de siaj kreaĵoj. Ŝajnis, ke sen interveno, ili ne travivus.

Do Patrino Tero kolektis energion de la Kosmo kaj arte faris por la homaro sep Talentojn: la povon regi la elementojn (aeron, teron, fajron kaj akvon), la povon de resanigo, la akravidecon de telepatio kaj la povon de telekinezo. Ŝi dediĉis sin serĉi sep homojn kun la forto de menso kaj korpo, kiuj povus regi la Talentojn.

Tiutempe la tero estis unueca kaj ĉiuj loĝis kune. Tiel la tasko de Patrino Tero estis simpla. Ŝi prenis aspekton de homo kaj vivis inter ili. Ŝi facile trovis individuojn, indajn posedi la sep Talentojn.

Ŝi portis tiujn sep for al la rando de la mondo, markis ilin kiel siajn proprajn kaj instruis al ili, kiel ili povus mastri siajn talentojn. Individue ĉiu el ili posedis kaj regis po unu el la Talentoj. Kolektive iliaj povoj interplektiĝis, kaj ili estis nevenkeblaj. Tio estis la naskiĝo de la Sorĉista Rondo de Tal Om.

En la komenco, la Rondo regis la mondon. Per ilia protekto kaj gvidado, la homaro prosperis. Sed dum la mondo disiĝis kaj la homoj disvastiĝis, la forto de la Rondo ekmalkreskis. Homoj elektis siajn plej ŝatatajn. Ili adoris Tal Om kiel diojn. Ĵaluzo kaj konkurado kreskis inter la Rondanoj. Kaj kvankam la Talentoj de Patrino Tero donis al ili povojn kaj longvivecon, ili ne estis senmortaj.

Ĉiun fojon kiam Rondano de Tal Om mortis, ĉiom da energio de ties Talento egale transiris al la ceteraj membroj. Dum ili plifortiĝis, same kreskis ilia avido por la povo de la aliaj. Ĝis kiam restis nur unu.

Sed saĝa estis Patrino Tero. Ŝi sciis, ke unu persono neniam kapablus teni tian vastan kvanton da povo; ĝi frenezigus tiun. Homoj estis tiaj malfortaj kreaĵoj ĉiukaze. Do, kiam la fina rondano sorbis ĉiom da energio de la aliaj ses, tiu energio komencis malrapide disvastiĝi kaj serĉi sep novajn rondanojn. La tiro de la energio devigis, ke la sola travivinto trejnu la novan rondon. Post kiam ilia trejnado estis finita, tiu kutime fortiriĝis de la rando de frenezeco kaj liberis sperti la reston de la tagoj de sia vivo en paco.

Jen la ciklo de la Tal Om dum jarmiloj.

Ĉapitro 2: Modela malliberulo

(Chapter 2: A Model Prisoner, p. 59)

Sam sidis en lotusa pozo, surplanke kun fermitaj okuloj kaj rekta dorso. Lia maldekstra fingro senkonscie sekvis la korpon de serpento **tatuita** sur la dekstra antaŭbrako. Liaj longaj grizaj bukloj ponevoste kaskade falis laŭ la dorso. Lia bronza haŭto estis kontrastego al la blanka supertuto kaj blankaj muroj de la ĉelo.

En la aero estis zuma bruado de la elektromagneta fortokampo tute ĉirkaŭ la ĉambro. Li pensis, ke estis ĉarme, kiel ili kredis, ke tio povus plene enkatenigi lian povon. La fortokampo ĝenis, kreis senĉesan vibradon ĉe la bazo de lia kranio.

Ĉiufoje kiam li volis uzi sian povon, li devis unue
dediĉi energion por stabiligi la vibradon.

La ĉelo ne estis multe pli granda ol lia pasinta
domo. Li estis simpla viro kun malmulte da posedaĵoj,
sed li ja sentis la mankon de la naturo. Se io influis
lian povon, kulpis la artefarita etoso. La stagna aero,
severaj lumoj kaj la konstanta mekanika bruado
sufokis lin. Li bezonis freŝan aeron kaj sunlumon;
fenestro estus agrabla. Venontfoje kiam li parolos kun
la gardejestro, tio estus lia peto... fari fenestron. Tio ne
estus tro.

Ekster la ĉelo de Sam, gardisto sidis ĉe
labortablo. La gardistoj ŝanĝiĝis ĉiujn 4 horojn, 24-
hore tage. Foje, se mankis oficistoj en la prizono, aŭ se
io grava okazis en alia sekcio de la prizono, la
gardiston oni povis voki for. Sam ĝuis tiujn
momentojn de vera soleco.

La hodiaŭa gardisto fiksrigardis sian
poŝtelefonon. La laŭteco estis sufiĉe laŭta por ĝeneti.
De tempo al tempo, li ridis aŭ fivortumis al la ekrano.
Estis laŭta klaka bruo, kiam la magneto al la ekstera

pordo malfermiĝis. La gardisto saltis pro la bruo kaj rapide kaŝis sian poŝtelefonon en la brusta poŝo.

"Pardonu, ke mi malfruas." Diris la nova gardisto dum li eniris la spacon.

"Fek Ralf, vi aspektas terure. Kio okazaĉis al vi?" La nuna gardisto demandis.

Sam ekrigardis. Ralf ja aspektis terure. La viro aĝis iom pli ol kvardek. Averaĝa alteco. Peza staturo. Lia malhela bruna hararo estis griziĝanta kaj kalviĝanta. Li havis palan haŭton, kiu hodiaŭ videbligis kelkajn skrapvundojn, tranĉojn kaj kontuzaĵojn. Lia maldekstra okulo estis ŝvelinta kaj lia suba lipo estis disfendita. Li paŝis malrapide, pli forte per sia dekstra kruro.

"Aŭto-akcidento antaŭ kelkaj tagoj. Idioto veturis senhalte preter haltŝildo." Ralf prenis pinĉtabulon kaj eklegis. Ĉiu gardisto skribis notojn pri la konduto de Sam. "Ĉu io interesa okazis rilate nian malliberulon?"

La alia gardisto kapneis, ekstarinte por kolekti siajn aferojn. "Nenio. Li simple sidis tie meditante preskaŭ la tutan tempon. Eĉ ne diris du vortojn." Li prenis pleton de la rando de la labortablo. Estis ia viandeca bulo sur la pleto. Kelkaj rizeroj kaj iuj karotoj restis. "Li ne multe manĝis hodiaŭ."

Ralf delikate eksidis antaŭ sia labortablo. La du viroj interŝanĝis afablaĵojn, poste la originala gardisto foriris.

Kelkaj minutoj pasis. Sam moviĝis al la rando de la lito. Ralf ĝemadis, movante sian pezon ĉiujn kelkajn minutojn. La viro evidente suferis de multe da doloro. Finfine Sam ekparolis, "Saluton Ralf."

Ralf atente rigardis la ekranon sur sia labortablo, la koridoro ekster la ĉelo estis malplena. Li grimacis turnante sian seĝon por vidi la ĉelon. "Saluton Sam. Pardonu pro la tagmanĝo. Estas nova kuiristo en la manĝejo. Ni trovos ion pli bonan por vi por la vespermanĝo."

"Mi aprezas tion." Sam respondis. Li analizis la gardiston dum momento. "Kio doloras?"

"Mia dorso. Mi devis kuŝadi dum la lastaj du tagoj. Mi tamen malgraŭ ĉio devis reveni al la laboro."

Sam rigardetis al la ĉiam-ĉeestanta kamerao en la supra angulo de la ĉelo. Li sciis, ke ĝi ne registris sonon, sed ja kaptis ĉiun lian movon. Li diskrete prenis el sub sia matraco libreton. Li ekstaris kaj turnis sin al Ralf, "Eble vi devas konfiski ĉi tiun libron, ŝajne mi ne ricevis ĝin de la prizono."

Ralf hezitis, sed tamen levis sin for de la seĝo kaj paŝaĉis al la barilo. Dum li prenis la libron, Sam ĉirkaŭpremis la antaŭbrakon de Ralf, per sia korpo kaŝante la du virojn de la kamerao.

Li tenis la brakon de Ralf, fermis siajn okulojn, klinante sian kapon, dum liaj sensoj pene laboris tra la korpo de la viro. Estis multe da kontraŭstaro. La energio de Sam estis iom blokita kaj lastatempe ŝajnas, ke lia akravideco iom nebuliĝis. Ĉio ekfariĝis pli kaj pli malfacila. Neniu alia rimarkus. Sed li rimarkis.

Finfine la muskoloj kaj tendenoj donis klaran vojon al la ostoj. "Mi sentas ĝin. Unu el viaj torakaj vertebroj havas fraktureton." Sam sulkis la frunton, lia spirado estis malrapida kaj regula. Varmo fluis de lia mano tra la korpo de Ralf. Li ellasis Ralf kaj paŝis for de la krado. "Mi fandis la oston, sed daŭros kelkajn tagojn ĝis kiam ĝi plene resaniĝos. Bone ripozu."

Ralf staris rekte. Li elprovis siajn koksojn kaj ŝultrojn, ĉirkaŭmovante sian spinon. Li ellasis tre aŭdeblan "Aaaaa." Li foliumis la libron kaj redonis ĝin al Sam tra la krado, "Ne aspektas kiel kontrabandaĵo al mi. Vi povas teni ĝin."

Sam kapjesis.

Ralf revenis al sia labortablo. Antaŭ ol li sidiĝis, li turnis sin reen al la krado, "Sam, kial vi restas ĉi tie?"

"Mi pagas mian ŝuldon al la socio, kaj estas pace ĉi tie iumaniere." Li revenis al la lotusa pozo. Li serene ridetis al Ralf, "Krome, normale la manĝo ne tiom malbonas." Poste li fermis siajn okulojn kaj plu meditadis.

Ĉapitro 3: Vizitanto

(Chapter 3: A Visitor p. 67)

Eblis multe pli ĝui la posttagmezon ol la matenon. La du parolis pri la vetero, la damaĝo de la aŭtoakcidento kaj la aktuala politika etoso. Ralf iom ludis la plej ŝatatan novaĵkanalon de Sam per sia poŝtelefono. Kiam tio finiĝis, li mallaŭtigis ĝin kaj surmetis unu orelaŭskultilon por ke Sam havu silenton por mediti. Sam fizike ekzercis sin iomete kaj poste revenis al sia kutima medita pozo.

Sam ofte meditis kelkajn horojn tage. Meditado kaj fizika ekzercado helpis al li resti trankvila. Tio helpis al li daŭre regi sian potencon kaj sian menson. Li sciis, ke venos tempo kiam liaj povoj tute forlasos lin. Eble la lastatempaj blokadoj kaj neklareco estis indiko por tio kio venos. Post 200 jaroj, ĉu li eble komencas sperti la fenomenon de aĝiĝo?

Iu estis alvenanta. En la koridoro malantaŭ la ekstera pordo, du viroj alproksimiĝis. Sam povis senti la vibradon de la planko. Li povis aŭdi la paŝojn. Li rekonis la kadencon de unu homo — gardisto nomata Bradley. Nekonato sekvis lin. Pli alta, pli peza kun pli longaj paŝoj. La nekonato paŝis kun celo.

Ralf ne aŭdis ilin ĝis kiam ili estis kelkajn paŝojn for de la pordo. Li vidis ilin per la ekrano de la ekstera kamerao. Li forprenis sian orelaŭskultilon kaj formetis sian poŝtelefonon en sian poŝon precize kiam la magneta seruro klakis kaj malfermiĝis.

Kiel atendite, la unua persono, kiu eniris la ĉambron, estis la gardisto, Bradley. Li estis pli juna ol la plej multaj aliaj gardistoj, preskaŭ 30-jaraĝa. Li havis atletan staturon, eble ludis usonan futbalon en pli juna aĝo. Lia uniformo estis en perfekta ordo, kaj li havis seriozan mienon.

Alia viro akompanis Bradley. Li estis alta, kun larĝaj ŝultroj, bicepsegoj kaj tre bone skulptita brusto, kiu montriĝis tra lia ĉemizo. Lia haŭto estis mielkolora, lia hararo estis nigrega kaj pendis en longa ĉevalvosto. Dekstre sur lia vizaĝo, de la tempio laŭ la kolo ĝis la klaviklo estis komplika triba tatuo. Sam gapis al ĝi nekredante.

"Ralf, Sam havas vizitanton." Bradley turnis sin al la viro, "Vi povas paroli al li de ĉi tie."

"Malfermu la pordon, mi volas eniri." La viro parolis konfidencege.

Ho, tio estos interesa, Sam atente rigardis, subpremante etan ridon.

Bradley ne persvadiĝis. "Neniu eniras."

La viro movis sin en la personan spacon de Bradley, "La gardejestro promesis al mi plenan aliron."

Bradley rigardis al Ralf. Ralf ŝultrotiris. Ŝajnis, ke Bradley sole batalus pri tio.

"En ordo." Li paŝis al la ĉelo kaj malŝlosis la pordon. "Ni ne envenos por savi vin." Post kiam la viro eniris la ĉelon, Bradley ŝlosis la pordon malantaŭ li. Li sekvis vojon al la ekstera pordo, donante la respondecon pri la vizito al Ralf.

La junulo prenis lokon kontraŭ la muro aliflanke de Sam. Klinante leĝere kun krucitaj kruroj kaj brakoj, li fiksrigardis al Sam kun kurioza fascino. "Mi nomiĝas Tash."

Sam decidis pli profunde analizi la junan viron. Kun tia grandeco, en alia tempo kaj loko, Tash estintus militisto. Sed ĉi tie, li estis polurita kaj rafinita; survoje al politikisto. Finfine li parolis, almontrante la tatuon, "Vi estas eluria. Mi kredis, ke vi ĉiuj jam mortis."

La okuloj de Tash malfermetis; liaj makzeloj kunpremiĝis apenaŭ percepteble. Sam rimarkis kaj ĝojis, ke la komento trafis laŭplane.

"Ne, ni pluvivas. Malgraŭ via penego."

Sam leviĝis. Li estis pli alta ol Tash je almenaŭ 15 centimetroj (6 coloj). Sam povis aŭdi spasmospireton kaj sentis plirapidiĝon de la korbatado de Tash.

"Vi tute ne havas ideon pri mia penego." Sam ĝuis la momenton, poste sidiĝis rande de la lito kun mallevitaj ŝultroj kaj kapo. Li lacis. Lacis de la perforto. Lacis de la politiko. Lacis ludi la krimulon en la sagao verkata de iu alia. La prizono donis pacon al li. Tash estis ĉi tie por ĝeni tiun pacon.

"Do, vi kaŝe donacis kelkajn ingotojn da oro al la gardejestro. Preskaŭ 100 jaroj jam pasis. Tiam vi ankoraŭ ne naskiĝis. Ne diru al mi, ke vi venis ĉi tien por venĝi?"

"Ne, venĝo ne utilus al mi."

Regula pulso, glata spirado, konstanta rigardo. Li diris la veron. Nun Sam interesiĝis. "Do, kial vi estas ĉi tie?"

"Pli bona demando: kial vi estas ĉi tie?" Tash ĉirkaŭrigardis la ĉambron. "Kial la prizona artifiko?"

Sam ridegis. Tiom laŭta elkora ridego, ke ĝi skuis lian stomakon kaj portis larmojn al liaj okuloj.

[29]

Lia unua vera ridego dum jaroj. Sama demando, dufoje ene de unu tago. Eble ĝi estis demando de Patrino Tero mem.

"Starpunkto akceptita." Li viŝis siajn okulojn kaj fiksrigardis senpense al la muro, "Mi aĝas pli ol 200 jarojn. Jam tempo por iom da paco. Ĉi tie estas la plej taŭga loko por mi."

Tash respondis, "Ekzistas nur unu maniero atingi pacon por iu el la Rondo de Tal Om."

La kapo de Sam tuj leviĝis, kaj li fiksrigardis al Tash. Li vokis super sia ŝultro, "Ralf, ĉu vi povus doni al ni iom da privateco?"

Ĉapitro 4: La morto de Elurio

(Chapter 4: The Death of Eluria, p. 73)

"Kion vi scias pri la Rondo?" Sam demandis, post kiam la gardisto foriris.

Tash respondis, "Kion ĉiuj scias. Sep homoj kun supernaturaj kapabloj, la Sep Talentoj. Kiam ĉiu mortas, la aliaj plifortiĝas. Ĝis kiam nur unu restas. Mi scias, ke vi estas tiu unu."

Sam elstreĉis siajn brakojn en grandioza gesto kaj proklamis, "Samilyn Jaser, la lasta de la Rondo de Tal Om."

Li mallevis siajn manojn kaj ripozigis sian mentonon sur siaj fingroj kunigitaj en pintoj. "Komence estis nekredebla beno. 200 jarojn poste, pli sentiĝas kiel malbeno. Ĉi tiu povo," li paŭzis, retirite, fiksrigardante siajn manojn, "ĝi detruas multe pli ol ĝi iam ajn kreas."

Tash estis pacienca. Li atendis ĝis kiam Sam ne plu havis ion por konigi. Tiam li demandis, "Ĉu vi povus diri al mi kio okazis en Elurio? Mi aŭdis rakontojn de mia avo, sed neniu ŝajne scias la plenan veron."

"Ĉu via avo? Tio klarigas la tatuojn. Kion diras la rakontoj?"

"La elurianoj estis militviktimoj, kaptitaj inter du dioj, kiuj militis unu kontraŭ la alia."

"Tio sonas kiel bona rakonto," Sam kapneis, "sed ni ne estis dioj. Simple duopo da dungosoldatoj..."

"...Estis ni du, la lastaj du. Mi mem kaj Raylan. Ni faris pakton ne mortigi unu la alian. Laŭ niaj studoj, konkurado kaj ĵaluzo ŝajne faligis la rondojn antaŭ la nia. Ni ĵuris agi malsame. Estis pli bone por ni, se ni kunlaborus.

"Kvankam ni ja posedis la povon de Tal Om, tiu povo ne tuj konvertiĝis al manĝaĵoj, vestaĵoj kaj loĝejo.

Ni devis trovi manieron gajni monon, do ni iĝis dungosoldatoj. Ni provis sekvi niajn instruojn kaj helpi tiom multe da homoj kiom eblis, sed bonfarado ne povis pagi nian vivstilon.

"Vi devas memori, ke 100 jarojn antaŭe, la teknologia eksplodo estis daŭre en sia infaneco. La mondo ne havis la armilojn, komputilojn, nek la infrastrukturon, kiun ĝi havas hodiaŭ. Eĉ apenaŭ havis elektron kaj kurantan akvon. Do nia povo estis VERE io. Ni postulis altegan prezon.

"La Krandia Imperio okupiĝis pri ĉio. Fosiliaj brulaĵoj, metaloj, spicoj, drogoj, vere ĉio. Kaj ili estis kreskantaj. Ili dungis Raylan kaj mi por diskuti kun la Konsilio de Elurio. Konvinki ilin aliĝi al la imperio, partopreni en interŝanĝaj interkonsentoj kaj permesi, ke karavanoj rajtu trairi ilian teron. La konsilio diris ne. Ni foriris.

"Survoje reen tuj post mallumiĝo, ni estis atakitaj. La konsilio volis sendi sian propran mesaĝon reen al Krandise. Estis riska kaj senhonta taktiko. Kaj ĝi furiozigis Raylan.

"Li revenis al Elurio kaj detruis ĉion survoje. Mi ne povis kompreni lian furiozon, sed mi sciis, ke mi devis haltigi lin. Ni batalis preskaŭ du tagojn. Kio ne detruiĝis dum la unua venĝo, detruiĝis pro nia batalo. La tuta vilaĝo estis simple montetoj da rubo. Tiom da mortintaj homoj.

"Mi staris super la korpo de Raylan. Mi povis senti, kiel mi sorbis lian energion. En tiu momento, mi iĝis la lasta de nia rondo. Mi posedis ĉiujn sep Talentojn. Sed kion mi sentis ne estis nur povo – mi sentis koleron. Kaj tiam mi konstatis, ke dum ĉiuj tiuj jaroj, li faris nenion por protekti sian menson. Neniu meditado, neniu energi-purigado... Nenio. Dum jardekoj li simple lasis ĉiom da negativa energio, malbono kaj morto kreski en sia korpo kaj menso.

"Kaj nun, mi ne nur posedis la povon de ĉiuj sep talentoj, sed ankaŭ ĉiujn memorojn, ĉiom de la doloro kaj kolero de la aliaj ses.

"Mi fuĝis. Mi iris tiom for de aliaj homoj kiom mi povis."

Ĉapitro 5: La interkonsento

(Chapter 5: The Deal, p. 79)

Tash falis surgenue. Por la unua fojo ekde kiam li eniris la ĉelon, lia aroganteco estis tute for. Li apogis sin sur siaj kalkanoj kaj fiksrigardis la plankon. Li palpebrumis kelkfoje ellasante larmegon.

Finfine li parolis, "Mia avo estis tie. Lia patrino devigis lin kaj lian fratinon kaŝi sin en apenaŭ rampebla spaco sub la planko. Ili estis la solaj du en sia familio, kiuj travivis."

Sam aŭdis alproksimiĝantajn paŝojn de Ralf. Li ne pretis por la reveno de la gardisto. Li ankoraŭ ne sciis kial Tash estis tie. Li koncentriĝis en la direkto de la pordo. Li longe kaj profunde spiradis, malridetis, fiksrigardis la pordon pli forte. Finfine, la paŝoj haltis kaj ekforiris. La du nun havis iom pli da tempo.

Tash demandis, "Kiel vi fine alvenis ĉi tien?"

"Post Elurio mi plene izoliĝis. Sed mi tamen daŭre bezonis manĝaĵojn, vestaĵojn kaj loĝejon, do mi de tempo al tempo akceptis porokazan laboron. Nenio tre serioza, sed preskaŭ tute ne eblis plene kaŝi min. Estis homoj, kiuj volis mian morton. Estis homoj, kiuj volis mian povon. Estis homoj, kiuj volis uzi min. Ĉie kie mi iris, mi estis serĉata. Post kelkaj tiaj jardekoj, mi lacis... tiom lacis ĉiam devi translokiĝadi."

"Do, vi negocis kun Guberniestro Lance?" Tash preskaŭ parolis al si mem. La vero malantaŭ longtempaj onidiroj venis en fokuson.

"Politikisto, sorĉisto kaj ĉasisto de krimuloj paŝas en trinkejon... Haltigu min, se vi jam aŭdis ĉi tiun." Sam ete ridis pro sia propra ŝerceto.

"Kapti vin estas kial Guberniestro Lance elektiĝis." Sam troige sin klinis. Tash sulkis la frunton. "Kiu estas la ĉasisto?"

"Gardejestro Monroe." Sam lasis la nomon pendi en la aero kaj rigardis dum Tash solvis la enigmon.

Tash malrapide parolis, "Lance volis konstrui novan prizonon. Li promesis al Monroe la postenon de gardejestro, se tiu povus aresti vin."

"Ĝuste kaj ĝuste."

"Sed tio ĉio dependis de tio, ĉu li sukcesus aresti vin. Kiel ili sukcesis konvinki vin konsenti al plano, kiu devigus vin resti en prizono dum la resto de via vivo?

Sam levis unu brovon, "Kies plano, laŭ vi, ĝi estis?"

Ĉapitro 6: Nova rondo

(Chapter 6: A New Coven, p. 83)

Ekmalfruiĝis. Ralf baldaŭ revenos. Kvankam Sam ĝuis la ĉeeston de sia unua vizitanto dum la lastaj jaroj, la informfluo estis tre unuflanka. "Nun mi respondis al ĉiuj viaj demandoj kaj eĉ pli. Diru al mi kial vi estas ĉi tie." Sam diris.

Tash malfermis kaj fermis sian buŝon. Dufoje. Tio ne estis la konversacio kiun li planis. Mi... mi est... mi estas ĉi tie por... por liberigi vin.

Sam kapneis. "Absolute ne. Jen la plej bona loko por mi. La tuta mondo pli sekuras, se mi estas mallibera."

"Ne, Sam, vi ne povas resti ĉi tie. La tempo venis." Tash fortiris sian manikon por malkaŝi ruĝan cikatron de freŝe markita serpento volvita ĉirkaŭ kvaron-luno. "La Nova Rondo estas elektita."

Sam fiksrigardis lin nekredante, "Kiam tio okazis?" Lia voĉo estis iomete pli laŭta ol flustro. "Mi kredis, ke mi sentus iom pli." Li ekkomprenis la lastatempajn ŝanĝojn de sia povo. La malfacileco, kun kiu li sukcesis resanigi Ralf, nun havis pli da senco.

"Antaŭ ĉirkaŭ monato, la luno sang-ruĝiĝis. Estis fulmotondro kaj fulmo trafis min. Mi vekiĝis en kavo kun ses aliaj homoj. Ni ĉiuj havis ĉi tiun signon."

Du jarcentoj pasis, sed Sam memoras tiun nokton kvazaŭ ĝi estis hieraŭ: stari sur deklivo ekster sia vilaĝo, rigardi kiel la koloroj de la luno ŝanĝiĝas kaj la ĉielo eklumiĝas, vekiĝi tiom for de hejmo kun ses nekonatoj, porti la signon de Patrino Tero.

Tash pluparolis, "...kaj mi povas movi aferojn." Du ŝtonoj ŝvebis iomete super lia etendita manplato. Dum li fiksrigardis la ŝtonojn, ili ekturniĝis en cirkloj ĉirkaŭ unu la alia.

Sam rigardetis la kameraon, subite timigita, "Formetu tion! Ne ĉiuj bonvenigus ĉi tiun novaĵon. Kio okazas pri la aliaj ses?"

Tash fermis sian pugnon cirkaŭ la ŝtonoj. "Ili povas fari aferojn, sed tute ne havas tiom da rego." Estis timo en la voĉo de Tash. "Ĉu ankaŭ ni freneziĝos... kiel Raylan?"

"Ne se mi povas influi tion." Sam ekpaŝis. La ĉelo subite sentiĝis tro malgranda. Li bezonis spacon. Spacon por pensi.

Li ĉesis paŝadi kaj alfrontis Tash, "Kial la gardejestro enlasis vin por vidi min? Se vi ne subaĉetis lin, kion vi diris?"

"Mi diris al li, ke mi estas historiisto, kiu esploras la detruon de Elurio. Li kredas, ke lia nomo aperos en artikolo."

Sam kapjesis kaj demandis, "Kio estas via granda eskap-plano?"

"Vi estis mia eskapplano. Vi havas ĉiujn sep talentojn. Mi kredis, ke post kiam vi aŭdis la novaĵojn

[41]

pri la nova rondo, vi faros portalon aŭ ion kaj translokos nin for de ĉi tie.”

“Ne tute. Estas tri problemoj. Unue la gardejestro ne povas scii, ke mi estas for ĝis kiam ni estas tre for. Ni tri interkonsentis, kaj post kiam mi rompas tiun interkonsenton…” lia voĉo pli kaj pli mallaŭtiĝis. “Ĉi tiu loko povus forbruli, sed li unue kontrolos min.” Li montris la kameraon en la angulo.

Sam daŭrigis, “Due, Ralf perdos la laboron, se mi eskapus dum lia deĵoro. Mi ne povas fari tion.”

Tash malridetis, “Ĉu Ralf? Tiu lamanta gardisto? Ni povas elirigi vin kaj vi zorgas pri iu gardisto?”

Sam respondis, “Ralf estis tre afabla al mi. Mi ne povas repagi tian afablecon per eksigo. Mi ne povas permesi, ke oni kredu, ke li engaĝiĝas iel ajn.”

Tash ŝultrotiris, “En ordo. Kio estas la tria afero?”

Sam malfermadis kaj fermadis siajn manojn. “Miaj povoj ne estas je plena kapacito. Estas elektromagneta kampo ĉirkaŭ la ĉelo. Ĝis lastatempe, ĝi apenaŭ influis miajn povojn, sed ekde kiam vi vekiĝis en tiu kavo, vi ekforprenis energion de mi. Mi sentis tion, sed ne konsciis, kio ĝuste okazis. Inter vi sep kaj la malfortiga kampo, mi ne certas kiuj nun estas miaj limoj. Vi devas malŝalti tiun kampon kaj la kameraon."

Ĉapitro 7: Elprizonigo

(Chapter 7: Prison Break, p. 89)

Ralf revenis al la ekstera ĉambro por vidi, ke Sam kaj Tash sidas sur la lito babilante. Unu el la manoj de Tash estis plata kontraŭ la muro kaj liaj okuloj estis fermitaj. Ralf staris ekster la ĉelo kaj rigardis scivoleme.

"Ĉu vi volas, ke mi revenu poste?"

"Ne, ni finis." Sam respondis sen rigardi lin.

Tash ekstaris. "Fakte, mi pretas foriri."

Sam rigardetis al Ralf, "Ni ambaŭ foriras."

Ralf paŭzis, sekve rigardis de unu viro al la alia kaj demandis, "Kio ŝanĝiĝis?"

Sam mallonge ridetis, "Mi eksciis, ke estas lokoj ekstere kun pli bonaj manĝaĵoj."

Ralf kapjesis, "Kiel mi povus helpi?"

Sam kapneis, "Neniel. Mi ne volas vian engaĝiĝon. Kiam la tempo venos, sekvu vian proceduron."

Tash fingromontris al la ĉela pordo, "Ek."

Sam residiĝis sur la lito kaj revenis al sia kutima medita pozo. Ralf malŝlosis la pordon kaj Tash eliris de la ĉelo. La du viroj ĵus atingis la eksteran pordon, kiam la unua ondo da emocio trafis ilin.

La okuloj de Sam estis fermitaj, lia spirado estis neregula kaj lia vizaĝo tordiĝis en mieno de profunda koncentriĝo. Ŝvito formiĝis sur lia brovo. En sia menso, li puŝis. Li puŝis la koleron de Raylan. Li puŝis la hororajn mortojn de siaj aliaj samrondanoj. Li puŝis la avarecon de siaj iamaj dungantoj kaj la blindan ambicion de siaj nunaj partneroj. Li havis tiom da negativa energio por fordoni.

Estis iu viro ekstere, kiu kaptis ĝin, li turnis kaj pugnofrapis la viron apude.

Estis iu en la manĝejo, kiu kaptis ĝin. Li prenis sian forkon kaj ponardis la viron trans la tablo de si.

Estis iu en la flegejo, kiu kaptis ĝin. Li ekprenis kuraciston je la gorĝo kaj ĵetis lin sur la plankon.

Sirenoj sonis. Kriado kaj sono de rapidaj paŝoj plenigis la koridoroj. Tash ridetis, *li faris tion.*

Ralf rigardis al Sam horore, "Vi komencis tumulton, ĉuuu?"

Sam duon-malfermis siajn okulojn, "Via malliberulo estas sekura. Iru sekvi vian proceduron kaj estu singarda."

Ralf kapjesis kaj kuris tra la koridoro lasante Tash en la ekstera ĉelo.

Tuj post kiam Ralf estis for, Tash iris al la muro apud la labortablo de la gardisto. Li metis sian manplaton kontraŭ la muro kaj liaj fingropintoj enpremis.

Sam ankoraŭ ne moviĝis. Li daŭre sidis en lotusa pozo sur sia lito. Modela malliberulo. Li parolis mallaŭte, lia buŝo apenaŭ moviĝis, "Ne serĉu tiom forte. Tenere glitigu viajn fingrojn laŭ la muro... Spiru... Vi sentos la ŝanĝiĝon de vibrado."

Tash plu glitigis siajn manojn laŭ la muro. Li sentis la malrapidan regulan frekvencon de la betono. Dika densa peza materialo kun malrapida ritmo. "Mi havas ĝin!" Li ekkriis dum li sentis, ke la denseco transiras al kakofonio de aliaj sensoj.

Sam subpremis rideton; Tash estis rapida lernanto. "Bone. Nun imagu, ke vi aŭskultas ludadon de muzikbando." Same kiel vi povas fokusi viajn orelojn por aŭdi la pianon, fokusu viajn manojn por senti la metalon. Akra. Formikanta. Etendu preter la malakra kuseno de izolado. Ĉu vi povas senti la draton?"

Tash malridetis, "Estas tiom multe da ili."

"Jes, vi devas rompi ilin ĉiujn. Ĉu vi memoras kiel vi regis la ŝtonojn? Anstataŭ cirkligi la elementojn, disigu ilin."

Tash fermetis siajn okulojn kaj klinis sian kapon. Li plene koncentriĝis pri la spaco ene de la muro. Li gruntis kaj la zumsono, kiu plenigis la orelojn de Sam malaperis. Estis silento.

"Vi sukcesis."

Tash spiregadis. Guto da sango falis de lia nazo. "Ĉu ne estus pli facile por mi, se mi simple frakasus la muron?"

"Eble. Sed tiam la gardejestro eble vidus tion kaj vi maltrafus bonegan lecionon kiel regi elementajn metalojn. Tio estis tre impona cetere."

Nun kaj la elektromagneta kampo kaj la kamerao estis malŝaltitaj. For ankaŭ estis la senĉesa ĝena doloreto. Li ankaŭ liberis de la observanta okulo, kiu kontrolis ĉiun lian moviĝon. Ofte li ŝajnigis mediti dum li kaŝe ekzercis sian povon. Movis malgrandaĵojn ene de sia ĉelo. Emigis al Ralf spekti iujn specifajn spektaklojn. Varmigis sian manĝaĵon. Esploris la elektrajn kablojn, kiuj trairas la prizonon. Tre gravis por li, ke la gardejestro neniam sciu la plenan amplekson de liaj kapabloj.

Li premis siajn manplatojn en la muron. Same kiel Tash, li povis senti la vibradon de ĉiuj materialoj ene de la muro. Sed li posedis ĉiujn sep Talentojn. Li povis senti ĉiun guton de likvo ene de kilometro (duon-mejlo). Li povis senti ĉiun varmfonton, de la homaj korpoj ĝis la kuirejaj fornoj. Li povis vidi ĉiun aerblovon. Li povis aŭdi la babiladon ene de ĉiu menso. Ĉio apartenis al li.

Ĉapitro 8: Paca Komenco

(Chapter 8: A Peaceful Beginning, p. 95)

Sam kolektis siajn malmultajn havaĵojn en sian kusentegon. Li signis al Tash, ke li venu al la ĉelo kun li. Kiam li interkonsentis pri la prizono tiom multe da jaroj antaŭe, lia sola peto estis havi privatan ĉelon kun ekstera muro. Li metis sian manplaton plate sur la muro, kaj la muro ekpecetiĝis. Li paŭzetis, kiam la suno trafis lian vizaĝon, kaj li kaptis la unuan bloveton de freŝa aero.

Dum la murtruo grandiĝis, iuj ŝtonpecoj formis ŝvebantan platformon ekstere. La du viroj paŝis sur la platformon.

La okuloj de Tash rapidmoviĝis ĉirkaŭe, "Ĉu vi ne timas, ke iu vidos nin?"

Sam respondis, "Ne. Ĉi tiu estas la ekstera rando de la prizono. Oni estas vere tro okupitaj pri la tumulto por rigardi ĉi tien. Krome, oni atendas, ke malliberuloj forkurus, ne forflugus."

Ili ŝvebis super densa sekcio de la arboj kaj rivero al la okcidento de la prizono. Sam surterigis ilin ĉe la rando de la arbostrio, apud la akvo kaj proksime al eta vilaĝo. Tash iris en la vilaĝon por aĉeti iom da manĝaĵoj kaj vestaĵoj por Sam. Li revenis kaj vidis Sam kuŝi nuda en la herbo.

La venontaj tagoj estos malfacilaj. Lerni regi sian talenton elĉerpas onin... fizike kaj mense. Sam sciis, ke post kiam li fintrejnos la novan rondon, li finfine havos pacon, veran pacon; ne plu voĉojn, ne plu doloron, ne plu furiozon. Sed nun, li kontentis pri la herbo inter siaj piedfingroj kaj la suno sur sia vizaĝo.

English

The Prison Charade

Chapter 1: The Legend of the Tal Omm

(Ĉapitro 1: La legendo de la Tal Om, p.13)

At the dawn of time Mother Earth realized that life was very difficult for humans. They were not as strong or as fast as many of the other animals. They couldn't swim or fly or even climb very well. They didn't possess the knowledge to understand the weather patterns or heal their injuries. She worried about the frailty of her creations. It seemed that without intervention, they would not survive.

So, Mother Earth gathered energy from the Cosmos and crafted for humanity seven Talents: the ability to control the elements (air, earth, fire, and water), the ability to heal, the insight of telepathy, and the power of telekinesis. She set out to find seven humans with the strength of mind and body to control the Talents.

In those days, the earth was one and all the people lived together. That made Mother Earth's task simple. She took on the shape of the humans and walked among them. She easily found individuals worthy of possessing the seven Talents.

She whisked the seven away to the edge of the world, branded them as her own and taught them how to master their Talents. Individually they each possessed and controlled one of the Talents. Collectively their powers intertwined and they were invincible. This was the birth of the Tal Omm Coven.

In the beginning, the Coven ruled the world. With their protection and guidance, humanity thrived. But as the world broke apart and the people dispersed, the strength of the Coven began to wane. Humans chose favorites. They worshipped the Tal Omm as gods. Jealousy and competition grew between members of the Coven. And while the Talents from Mother Earth gave them powers and longevity, they were not immortal. One by one they died; often at the hands of another Coven member.

When a member of Tal Omm Coven died, all of the energy from his/her Talent would be equally redistributed to the remaining members. As they grew stronger so did their lust for the power of the others. Until only one remained.

But Mother Earth was wise. She knew one person would never be able to hold such a vast amount of power; it would drive them mad. Humans were such frail creatures after all. So, when the last Coven member absorbed all the energy from the other six, that energy would slowly start to dissipate and seek out seven new coven members. The pulling of the energy would compel the sole survivor to train the new coven. Once their training was complete, he would be pulled from the brink of madness and released to live out his remaining days in peace.

This has been the cycle of the Tal Omm for thousands of years.

Chapter 2: A Model Prisoner

(Ĉapitro 2: Modela malliberulo, p. 17)

Sam sat with legs crossed on the floor, eyes closed and back erect. His left finger was mindlessly tracing the body of a snake branded into his right forearm. His long white locks were pulled into a ponytail that cascaded down his back. His bronze skin was a sharp contrast to the white jumpsuit and white walls of the cell.

There was a buzzing noise in the air from the electromagnetic force field erected around the room. He thought it was charming how they believed that could fully contain his power. It was annoying; creating a small, but incessant vibration at the base of his skull. Any time he tried to use his power he needed to first devote energy to stabilizing the vibration.

The cell wasn't much bigger than his last house. He was a simple man with few possessions, but he did miss nature. If anything was affecting his power it was the artificial environment. The recycled air, harsh lights, and constant mechanical noises were stifling. He needed fresh air and sunlight; a window would be nice. Next time he spoke with the warden that would be his request... to make one. That didn't seem unreasonable.

Outside of Sam's cell, a guard was sitting at a desk. The guards changed every 4 hours, 24 hours a day. Sometimes, if the prison was short staffed or something big happened in another section of the prison, the guard might be called away. Sam enjoyed those moments of true solitude.

Today's guard was staring at his cell phone. The volume was just loud enough to be irksome. Occasionally, he would laugh or curse at the screen. There was a loud clicking noise as the magnet on the exterior door disengaged. The guard jumped at the noise and quickly slid the phone into his breast pocket.

"Sorry, I'm late." Said the new guard as he entered the space.

"Man Ralf, your look awful. What happened to you?" The current guard asked.

Sam looked up. Ralf indeed looked awful. The man was in his mid-forties. Average height. Heavy build. His dark brown hair was graying and balding. He had very fair skin, which today showed several scrapes, cuts and bruises. His left eye was swollen and his bottom lip was split open. He was walking slowly, heavily favoring his left leg.

"Car accident a couple of days ago. This idiot ran through the stop sign." Ralf picked up the clip board and started reading. Every guard kept notes on Sam's behavior. "Anything interesting happening with our prisoner?"

The other guard shook his head, standing to collect his things. "Nothing. He's been sitting there meditating almost the whole time. Hasn't said two words." He picked up the food tray from the edge of the desk. There was a lump of some meat-like substance on the tray. A few bits of rice and carrots remained. "He didn't eat much today."

Ralf settled gingerly into the chair behind the desk. The two men exchanged a few pleasantries, then the original guard left.

Several minutes passed. Sam moved to sit on the edge of the bed. Ralf was moaning, shifting his weight every few minutes. The man was obviously in a lot of pain. Finally, Sam spoke, "Hello, Ralf."

Ralf studied the monitor on his desk, the hall outside of the cell was empty. He winced as he slowly turned the chair around to face the cell. "Hi Sam. Sorry about lunch. There's a new guy in the cafeteria. We'll get you something better for dinner."

"I appreciate that." Sam replied. He studied the guard for a moment. "Where does it hurt?"

"My back. Spent the last two days lying down. Couldn't take any more time off work."

Sam glanced up at the ever-present camera in the upper corner of his cell. He knew it wasn't recording sound, but it did capture every move he made. He inconspicuously reached under his mattress and pulled out a small book.

He stood and turned towards Ralf, "Maybe you should confiscate this book, I don't think it's prison issued."

Ralf hesitated, then pushed himself out of the chair and shuffled over to the bars. As he reached in to take the book, Sam clasped his hand over Ralf's forearm, his body between the two men and the camera.

He held onto Ralf's arm, eyes closed, head leaned in, letting his senses work their way through the man's body. There was much resistance. His energy was slightly blocked and lately it seemed his insight was getting foggy. Everything was becoming incrementally more difficult. Not that anyone else would have noticed. But he noticed.

Finally, the muscles and tendons gave way to a clear path to the bones. "I feel it. One of your thoracic vertebrae has a small fracture." Sam was frowning, his breath slow and steady. Warmth flowed from his hand through Ralf's body. Then he released Ralf and stepped away from the bars. "I fused the bone, but it will take a couple of days for it to fully heal. Take it easy."

Ralf stood upright. He worked his hips and shoulders, moving his spine around. He let out a very audible "Ahhhh." He flipped through the book, then passed it back to Sam through the bars, "Doesn't look like contraband to me. You can keep it."

Sam nodded.

Ralf returned to his desk. Before he sat down, he turned back to face the bars, "Sam, why do you stay here?"

"I'm paying my debt to society and it is peaceful, in its own way." He returned to his crossed legged position. He gave Ralf a placid smile, "Plus, normally the food's not that bad." Then he closed his eyes and resumed meditating.

Chapter 3: A Visitor

(Ĉapitro 3: Vizitanto, p. 25)

The afternoon was much more enjoyable than the morning. The two chatted about the weather, the damage from the car accident, and the current political climate. Ralf played Sam's favorite news channel for bit on his cell phone. When it was over, he turned the volume down and put in one ear bud so that Sam could have silence to meditate. Sam did a few physical exercises then returned to his usual meditative pose.

Sam often meditated for several hours a day. Mediation and physical exercise helped him stay centered. It kept him in control of his power and his mind. He knew there would come a time when his powers would leave him completely. Perhaps the recent blockages and fogginess was a hint of things to come. After 200 hundred years could it be that he was starting to experience the phenomenon of aging?

Someone was coming. In the hall beyond the exterior door there were two men approaching. Sam could feel the vibration in the floor. He could hear the footsteps. He recognized the cadence of one person; a guard named Bradley. He was being followed by a stranger. Taller and heavier with a longer stride. The stranger walked with a sense of purpose.

Ralf didn't hear them until they were a few steps away from the door. He saw them on the monitor of the exterior camera. He pulled the ear bud out and slipped his phone in his pocket just as the magnetic lock clicked and disengage.

As expected, the first person to enter the room was the guard, Bradley. He was younger than most of the other guards, late twenties. He had the build of an athlete, perhaps a football player in his younger days. His uniform was extremely neat and his countenance serious.

Bradley was accompanied by another man. He was tall with broad shoulders, large biceps and a well sculpted chest showed through his shirt. His skin was the color of honey, his hair was jet black and hung in a long ponytail. On the right side of his face, from his temple down his neck, to his clavicle was an intricate tribal tattoo. Sam's eyes widened in disbelief.

"Ralf, Sam has a visitor." Bradley then turned to man, "You can speak to him from here."

"Open the door, I want to go in." The man spoke with an air of authority.

Oh, this is going to be interesting, Sam watched intently, suppressing a chuckle.

Bradley was not persuaded. "No one goes in."

The man moved into the Bradley's personal space, "The warden promised me full access."

Bradley looked at Ralf. Ralf shrugged his shoulders. It seemed Bradley would be on his own in this fight.

"Fine." He walked over to the cell and unlocked the door. "We're not coming in to save you." After the man strolled into the cell Bradley locked the door behind him. He made his way to the exterior door, leaving Ralf to manage the visit.

The young man took a spot against the wall opposite of Sam. Leaning casually with his legs crossed and arms folded, he stared at Sam with curious fascination. "My name is Tash."

Sam took a moment to study the young man closer. At his size, in a different time and place, Tash would have been a warrior. But he was polished and refined; a politician in the making. Finally, he spoke, nodding to the tattoo, "You're an Elurian. I thought you all were dead."

Tash's eyes narrowed a fraction; his jaw clenched an imperceptible amount. Sam noticed and was pleased that the comment hit its mark.

"No, we live on. Despite your best effort."

Sam rose. His height exceeding Tash by at least 6 inches. Sam could hear a slight gasp and feel the young man's heartbeat quicken.

"You have no idea what my best effort is." Sam savored the moment then sat on the edge of the bed, shoulders slumped, head hanging. He was tired. Tired of the violence. Tired of the politics. Tired of playing the villain in someone else's saga. Prison had brought him some peace. Tash was here to disturb that peace.

"So you slipped the warden a few gold bars. It's been almost 100 years. You weren't even born back then. Don't tell me you're here for revenge?"

"No, I have no use for revenge."

Steady pulse, even breath, still gaze. He was telling the truth. Now Sam was intrigued. "Then why are you here?"

"A better question is why are you here?" Tash looked around the room. "What's with this prison charade?"

Sam laughed. A loud hearty laugh that made his stomach shake and his eyes water. His first real laugh in years. Same question, twice in one day. Perhaps it was a question from Mother Earth herself.

"Point taken." He wiped his eyes and stared absently at the wall, "I'm over 200 years old. It's time for some peace. This is the best place for me."

Tash responded, "There is only one way someone from the Tal Omm Coven gets peace."

Sam's head snapped up as he stared as Tash. He called over his shoulder, "Ralf, can you give us a little privacy?"

Chapter 4: The Death of Eluria

(Ĉapitro 4: La morto de Elurio, p. 31)

"What do you know about the coven?" Sam asked after the guard had left.

Tash replied. "What everyone knows. Seven humans with supernatural abilities, the Seven Talents. As each one dies the others get stronger. Until there is only one left. I know you are that one."

Sam stretched his arms out in a grandiose gesture and proclaimed, "Samilyn Jaser, the last of the Tal Omm Coven." He lowered his hands and rested his chin on his steepled fingers. "At first it was an incredible blessing. 200 years later it's more like a curse. This power," he paused, withdrawn, staring at his hands, "it destroys far more than it ever creates."

Tash was patient. Waiting until Sam seemed to have nothing more to share. Then he asked, "Will you tell me what happened in Eluria? I've heard stories from my grandfather, but no one seems to know the full truth."

"Your grandfather? That explains the tattoos. What do the stories say?"

"The Elurians were a casualty, caught between two gods at war with one another."

"That sounds like a good story," Sam was shaking his head, "but we were no gods. Just a couple of hired thugs..."

"...There were two us, the last two. Myself and Raylan. We made a pact, not to kill each other. From our studies, competition and jealousy seemed to be the downfall of the covens before us. We swore to be different. It was more beneficial for us to work together.

"While we may have possessed the power of the Tal Omm, that power did not immediately translate into food, clothing and shelter. We needed a way to make money, so we became mercenaries. We tried to stick to our teachings and help as many people as possible, but charity could not afford our lifestyle.

"You have to remember, that 100 years ago, the technology boom was still in its infancy. The world didn't have the weapons, computers, and infrastructure it has today. They barely had electricity and running water. So our power was REALLY something. We commanded a hefty price.

"The Krandian Empire was into everything. Fossil fuels, metals, spices, drugs, you name it. And they were growing. They hired Raylan and I to talk to the Council of Eluria. Convince them to join the empire, become part of the trade agreements, and allow caravans through their land. The council said no. We left.

"On our way back, just after dark, we were attacked. The council wanted to send their own message back to Krandise. It was a risky and brazen move. And it infuriated Raylan.

"He went back to Eluria and destroyed everything in his path. I could not understand his fury, but I knew I had to stop him. We fought for almost 2 days. Whatever wasn't destroyed in his initial retaliation, was destroyed in our fight. The whole town was just piles of rubble. So many people dead.

"I was standing over Raylan's body. I could feel myself absorbing his energy. At that moment, I became the last of our coven. I possessed all seven Talents. But what I felt wasn't just power – I felt rage. And that's when I realized that in all of those years, he had done nothing to protect his mind. No meditation, no energy cleanse... Nothing. For decades, he had been just allowing all of the negative energy, evil, and death to build in his body and mind.

"And now, not only did I possess the power from all seven Talents, but I also possessed all the memories, all the pain and all the rage of the other six."

"I ran. And got as far away from people as I could."

Chapter 5: The Deal

(Ĉapitro 5: La interkonsento, p. 35)

Tash dropped to his knees. For the first time since he'd entered the cell all the bravado was gone. He sat back on his heels staring at the floor. He blinked a few times, allowing a fat tear to escape.

Finally he spoke, "My grandfather was there. His mother made him and his sister hide in the crawl space under the floor. They were the only two in their family to survive."

Sam heard Ralf's footsteps approaching. He wasn't ready for the guard to return. He still didn't know why Tash was here. He focused his attention in the direction of the door. He took several long, deep breaths, he frowned, staring at the door harder.

Finally, the footsteps halted, then started to retreat. The two now had a little more time.

Tash asked, "How did you end up here?"

"After Eluria I went into seclusion. But I still needed food, clothing, and shelter, so I would take an occasional job. Nothing too serious, but it was nearly impossible for me to hide. There were people who wanted me dead. There were people who wanted my power. There were people who wanted to use me. Everywhere I went I was a wanted man. After a few decades, I was tired...so tired of always being on the move."

"So you struck a deal with Governor Lance?" Tash was almost talking to himself. The truth behind long whispered rumors was coming into focus.

"A politician, a sorcerer and bounty hunter walk into a bar...Stop me if you've heard this one." Sam chuckled at his own joke.

"Capturing you is what got Governor Lance elected." Sam gave an exaggerated bow. Tash was frowning. "Who's the bounty hunter?"

"Warden Monroe." Sam let the name hang in the air as he watched Tash put the pieces together.

Tash spoke slowly, "Lance was going to build a new jail. He promised Monroe the warden's position if he could bring you in."

"Correct and correct."

"But all of that hinged on him being able to bring you in. How did they get you to go along with a plan that involved prison for the rest of your life?"

Sam raised one eyebrow, "Whose plan do you think it was?"

Chapter 6: A New Coven
(Ĉapitro 6: Nova rondo, p. 39)

It was getting late. Ralf would be back soon. While Sam was enjoying the company of his first visitor in several years, the information flow had been very one sided. "Now, I've answered all of your questions, and then some, tell me why you're here," Sam said.

Tash opened then closed this mouth. Twice. This was not the conversation he planned on having. "I...I'm...I'm here to...to break you out of prison."

Sam shook his head, "Absolutely not. This the best place for me. The whole world is safer if I'm contained."

"No Sam, you can't stay here. It's time." Tash pulled up his sleeve to reveal the red scar of a freshly branded snake wrapped around a quarter moon. "The New Coven has been chosen."

Sam stared at him in disbelief, "When did this happen?" His voice was just above a whisper. "I thought I would feel something more." He was beginning to understand the recent changes in his power. His difficulty in healing Ralf made sense.

"About a month ago, the moon turned blood red. There was an electrical storm and I was struck by lightning. I woke up in a cave with six other people. We all had this mark."

Two centuries had passed, but Sam remembered that night like it was yesterday. Standing on the hill outside of his village. Watching the moon change colors and the sky light up. Waking up so far from home with six strangers. Wearing the brand from Mother Earth.

Tash was still talking, "...and I can move things." There were two stones floating just above his outstretched palm. As he stared at the rocks and they began to spin in circles around each other.

Sam glanced at the camera, suddenly feeling alarmed, "Put that away! This news is not going to be welcomed by everyone. What's going on with the other six?"

Tash closed his fist around the stones. "They can do stuff, but they don't have nearly this level of control." There was fear in Tash's voice. "Are we going to go mad...like Raylan?"

"Not if I have anything to do with it." Sam started pacing. The cell suddenly felt too small. He needed space. Space to think.

He stopped walking and faced Tash, "Why did the warden let you in to see me? If you didn't bribe him, what did you say?

"I told him I was a historian researching the destruction of Eluria. He thinks he's going to be featured in a publication."

Sam nodded then asked, "What's your big escape plan?"

"You were my escape plan. You have all seven talents. I thought once you heard the news about the new coven you would make a portal or something and zap us out of here."

"Not quite. There are three problems. First, the warden can't know I'm gone until we are far away. The three of us had a deal and once I break that deal..." his voice trailed off. "This place could be burning down but the first thing he'll do is check on me." He nodded up to the camera in the corner.

Sam continued, "Secondly, Ralf will get fired if I escape on his watch, I can't do that."

Tash frowned, "Ralf? That limping guard? We're trying to get you out of here and you're worried about some guard?"

Sam replied, "Ralf has been very kind to me. I can't repay that kindness by getting him fired. I can't have them thinking he's involved in any way."

Tash shrugged, "Fine. What's the third thing?"

Sam was opening and closing his hands. "My powers are not at full capacity. There's an electromagnetic field around this cell. Up until recently, it's impact on my powers has been minimal, but from the moment you woke up in that cave, you started siphoning energy from me. I felt it, but I didn't realize that is what it was. Between the seven of you and the dampening field, I'm not sure what my limits are right now. You are going to need to disable that field and the camera."

Chapter 7: Prison Break

(Ĉapitro 7: Elprizonigo, p. 45)

Ralf returned to the outer room to find Sam and Tash sitting on the bed chatting. One of Tash's hands was flat against the wall and his eyes were closed. Ralf stood outside of the cell watching with curiosity.

"Do you want me to come back later?"

"No, we're done." Sam responded without looking at him.

Tash stood. "In fact, I'm ready to leave."

Sam glanced at Ralf, "We're both leaving."

Ralf paused, then looked from one man to the other and asked, "What changed?"

Sam smiled briefly, "I've learned there are places out there with better food."

Ralf nodded, "What can I do to help?"

Sam shook his head. "Nothing. I don't want you involved. When the time comes, follow your protocol."

Tash pointed towards the cell door, "Let's go."

Sam sat back on the bed and resumed his usual meditation position. Ralf unlocked the door and Tash exited the cell. The two men had just reached the exterior door when the first wave of emotion hit them.

Sam's eyes were closed, his breath was ragged and his face was contorted in a deep frown. Sweat was forming on his brow. In his mind he pushed. He pushed the anger of Raylan. He pushed the horrific deaths of his other coven members. He pushed the greed and evil of his former employers and the blind ambition of his current partners. He had so much negative energy to give away.

There was one outdoors who caught it, he turned and punched the man next to him.

There was one in the dining hall who caught it. He took his fork and stabbed the man across the table from him.

There was one in the infirmary who caught it. He grabbed the doctor by the throat and slammed him to the ground.

Sirens sounded. Shouting and the pounding of footsteps filled the halls. Tash smiled, *he did it.*

Ralf looked at Sam in horror, "You started a riot?"

Sam half opened his eyes, "Your prisoner is secure. Go follow your protocol and be careful."

Ralf nodded and ran down the hall, leaving Tash in the outer cell.

As soon as Ralf was gone, Tash went to the wall near the guard's desk. He ran he palm against the wall his fingertips pressing in.

Sam had not moved. He was still sitting cross legged on his bed. A model prisoner. He spoke softly, his mouth barely moving, "Don't look so hard for it. Gently glide you fingers over the wall...Breath...You'll feel the vibration change."

Tash continued to run his hands over the wall. Feeling the slow steady frequency of the concrete. A thick dense heavy material with a slow rhythm. "I got it!" He yelped as he felt the density give way to a cacophony of other sensations.

Sam suppressed a smile; Tash was a fast learner. "Good. Now imagine that you are listening to a band play. The same way you can focus your ears to hear the piano, focus your hands to feel the metal. Search for the thinness of the wire. Sharp. Tingly. Reach beyond the dull cushion of the insulation. Can you feel the wire?"

Tash was frowning, "There are so many of them."

"Yes, you need to break them all. Remember how you controlled the rocks? Instead of making the elements circle each other, pull them apart."

Tash narrowed his eyes and tilted his head. His full concentration on the space within the wall. He grunted and the buzzing sound that had filled Sam's ears was gone. There was silence.

"You did it."

Tash was panting. A drop of blood fell from his nose. "Wouldn't it have been easier for me to just smash the wall?"

"Perhaps. But then the warden might have seen that and you would have missed a great lesson on controlling elemental metals. That was quite impressive, by the way."

Now both the electromagnetic field and the camera had been disabled. Gone too was the incessant dull annoying pain. He was also free from the watchful eye that controlled his every move. Often, he pretended to meditate all the while exercising his power. Moving small things around his cell. Pushing Ralf to tune into certain shows. Warming his food. And tracing the electric powerlines that ran through the jail. It was very important to him that the warden never know the full extent of his abilities.

He pressed his palms into the wall. Just like Tash he could feel the vibration of all the material within the wall. But he possessed all seven Talents. He could sense every drop of liquid within a half mile. He could feel every heat source, from the bodies of the people to stoves in the kitchen. He could see every air current. He could hear the chatter of everyone's mind. It all belonged to him.

Chapter 8: A Peaceful Beginning

(Ĉapitro 8: Paca Komenco, p. 51)

Sam collected his few belongings into his pillow case. He motioned for Tash to join him in the cell. When he made his prison deal so many years ago his only request had been for a private cell with an outside wall. He placed his palm flat on the wall and the wall began to crumble. He paused slightly when the sun hit his face and he caught the first whiff of fresh air.

As the hole in the wall grew larger some pieces of the stone formed a platform hovering in the air outside. The two men stepped onto the platform.

Tash's eyes darted about, "Aren't you worried about being seen?"

Sam replied, "No. This is the outermost edge of the prison. They are far too busy with their riot down there to look up here. They expect prisoners to run out, not fly."

They floated over a dense section of trees and river to the west of the prison. Sam set them down at the edge of the tree line, near the water and close to small town. Tash went into the town to buy some food and clothes for Sam. He returned to find Sam naked laying in the grass.

The coming days were going to be difficult. Learning to control one's talent was physically and mentally exhausting. Sam knew once he had trained the new coven, he would finally have peace, real peace. No more voices, no more pain, no more rage. For now, he was content with the grass between his toes and the sun on his face.

Bonus: Excerpt from

The Day the Dead Man Followed Me Home

(La Tago Kiam La Mortinto Sekvis Min Hejmen)

An Esperanto Dual Language Novella

by Myrtis Smith

Esperanto Translation by Alena Adler

Ĉapitro 1: Mi Vidas Mortintojn

(Chapter 1: I See Dead People, p. 103)

Mi vidas mortintojn. Ĉiutage. Ĉie, kien mi iras. Ĉe la butiko. En la parko. Dum promeno tra la strato. Iĝis tiom kutima afero, ke foje, mi malfacile distingas inter mortintoj kaj vivantaj homoj. Ekzemple, hodiaŭ, en la buso.

Jen maljunulo, kiu dormis en la malantaŭo, brakoj interfalditaj, sino kiu leviĝis kaj falis regule. En alia vico, du adoleskantoj sidis unu apud la alia, ĉiu fikrigardadis sian telefonon. Evidentis, ke ili vojaĝis kune, ĉar de tempo al tempo, unu diris ion al la alia. Jen juna virino, kiu legis libron. Jen mezaĝa viro, kun enorela kapaŭskutilo, kiu indikis ian ritmon per sia kapo. Mi tutcertas, ke ili ĉiuj vivis.

Sed ne la juna viro, kiu sidis trans unu el la pordoj. Li havis mallongan buklan hararon; eble nigran, eble brunan. Estis malfacile distingi, ĉar lia koloro estis misa. Lia haŭtkoloro estis svaga. Samkiel en tiaj fotoj, kiujn oni vidas; de homoj, kiuj estis proksimaj al incendio aŭ eksplodo. Tiuj homoj estas tiom cindrokovritaj, ke ne eblas distingi la haŭtkoloron. Li rigardadis fikse la plankon.

Mi suspektis, ke li estis nova fantomo. Li strebis teni sian formon, kaj resti sufiĉe tuŝebla, ke li povu sidadi en la seĝo, sen traflosi la malsupron de la buso. Oni informis min, ke tio postulas multan energion en la komenco. Estis fascine, spekti tion, sed mi faris la eraron observadi lin tro longe. Li levis siajn okulojn, kaj ni ekrigardis nin.

Liaj okuloj larĝiĝis. "Vi vidas min, ĉu?"

Kaptita. Estus facile, ŝajnigi ke mi ne vidis. Fermi miajn okulojn, kaj neniam rerigardi; sed tio ne estis parto de mia naturo. Mi povis deteni min de agnoski lian ĉeeston, tiom, kiom mi povis deteni mian sekvan enspiron. Mi eble povos prokrasti ĝin, sed iam, ĝi okazos. Do, mi simple kapjesis.

Kun sia fokuso turninta al mi, li subite komencis sinki en la seĝon. Li turnis la atenton denove al si; ekstaris, kaj piediris—flosis? sinmanovris? —al la malplena seĝo apud mi.

Li klinis sin al mi, brovoj levitaj. "Kiel vi povas vidi min? Mi vagis dum iom da tempo; neniu povis vidi min."

Mi tordis mian buŝon en rideton. "Temas pri donaco." Kaj per *donaco* mi celas malbenon kiu tormentas min tagnokte, kaj interrompas ĉiun parton de mia ekzisto, tiel, ke mi neniam povis vivi normalan vivon. Sed Avinjo nomis ĝin donaco, do jen la termino kiun mi uzas. Tio sentigas min pli komforta.

Li klinis sian kapon al unu flanko. "Ĉu vi scias, kio misas pri mi? Kial mi estas tiel ĉi? Mi scias ke mi mortis, sed mi atendis esti aliloke . . . vi scias . . . kiel, la ĉielo. Kial mi ne iris en la ĉielon?"

[101]

Parolemulo. Mi levis mian manon kaj kapneis por haltigi lin de paroli. Mi parolis tre mallaŭtvoĉe, apenaŭ movis miajn lipojn, "Mi ne povas paroli al vi ĉi tie. Homoj supozos min freneza. Mi eliros post du haltejoj; vi povos veni kun mi."

"Ĉu vere?" Li demandis kun larĝa rideto. "Dankon . . . atendu, kiel vi nomiĝas?"

"Akila."

"Akila. Dankon, Akila. Mi estas Morio. Plezure." Li etendis sian manon por manpremi. Kutimo de vivantoj.

Chapter 1: I See Dead People

(Ĉapitro 1: Mi Vidas Mortintojn, p. 99)

I see dead people. Everyday. Everywhere I go. At the store. In the park. Walking down the street. It has become such a normal thing that I sometimes have trouble distinguishing between the dead and the living. Like today, on the bus.

There was an old man sleeping in the back, arms crossed, head down, his chest steadily rising and falling. In another row two teenagers sat next to each other, each one staring intently at their cell phone. They were traveling together as one would occasionally say something to the other. There was a younger woman reading a book and a middle-aged man with earbuds on nodding his head to a beat. I'm quite certain they were all alive.

But not the young man who sat across from one of the doors. He had short curly hair; maybe it was black, maybe it was brown. It was hard to tell because his color was off. His skin tone was muted. Like those pictures you see of people who have been near a fire or explosion, and everyone is so covered with ash that you can't tell the shade of their skin. He was staring intently at the floor, concentrating.

I suspected that he was a new ghost. He was trying to hold his form and be tangible enough that he could sit in the seat without drifting through the bottom of the bus. I've been told that takes a lot of effort in the beginning. It was fascinating to watch, but I made the mistake of looking at him for too long. He glanced up and we made eye contact.

His eyes widened. "You can see me?"

Caught. It would have been easy to pretend that I didn't see him. Close my eyes and never look back but that wasn't my nature. I couldn't control acknowledging his presence any more than I could control my next breath. I may be able to delay it, but, eventually, it would happen. So, I simply nodded.

With his concentration broken, he started sinking into the seat. He refocused his attention, stood up and walked—floated? maneuvered? —his way into the empty seat next to me.

He leaned in, eyebrows raised. "How can you see me? I've been wandering for a bit, no one has been able to see me."

I forced a smile. "It's a gift." And by "gift" I mean a curse that torments me every day and every night and disrupts every aspect of my existence so that I have never been able to live a normal life. But Grandma called it a gift, so that's the term I use. It makes me feel better.

He tilted his head to one side. "Do you know what's wrong with me? Why am I like this? I know

I'm dead but I expected to be somewhere else . . . you know, like, heaven. Why didn't I go to heaven?"

A chatty one. I held up my hand and shook my head to stop him from talking. I spoke in a very low tone, barely moving my lips, "I can't talk to you here. People will think I'm crazy. I'm getting off in a couple of stops, you can come with me."

"Really?" He asked with a wide grin. "Thank you . . . wait, what's your name?"

"Akila."

"Akila. Thank you, Akila. I'm Morio. Nice to meet you." He held out his hand for me to shake. A habit of the living.

About the Author

Myrtis Smith estas usona esperantistino, instruisto tage kaj aspiranta artisto nokte. Ŝiaj ŝatokupoj inkluzivas verkadon, dancadon, kudradon, marŝadon kaj, kompreneble, Esperanton.

http://www.KylanVerdeBooks.com

www.ingramcontent.com/pod-product-compliance
Lightning Source LLC
Chambersburg PA
CBHW051308170626
46809CB00004B/1798